The Gender of Mona Lisa
Tsumuji Yoshimura
Aus dem Japanischen von Carina Dallmeier

Inhalt

√Y Prologue — 3

Paint.Y-1 »Schlüpfen« — 19

Paint.Y-2 »Unsere Beziehung« — 59

Paint.Y-3 »Unwissenheit« — 97

Side.Aoi Shirogane — 129

$$\sqrt{Y}$$

Du dachtest immer, dass deine Wahl für einen der zwei Wege deine gesamte Zukunft bestimmen würde.

In diesem Netz
warst du gefangen,
krümmtest dich
vor Schmerzen und
verheddertest dich
immer mehr in
seinen Maschen...

Wenn du dich
für den anderen
Weg entscheiden
würdest, hättest
du dein Leben
auf jene Art zu
führen. Aber das
wolltest du nicht.

Wenn du dich
für den einen
Weg entscheiden
würdest, hättest
du dein Leben
auf diese Art
zu führen.

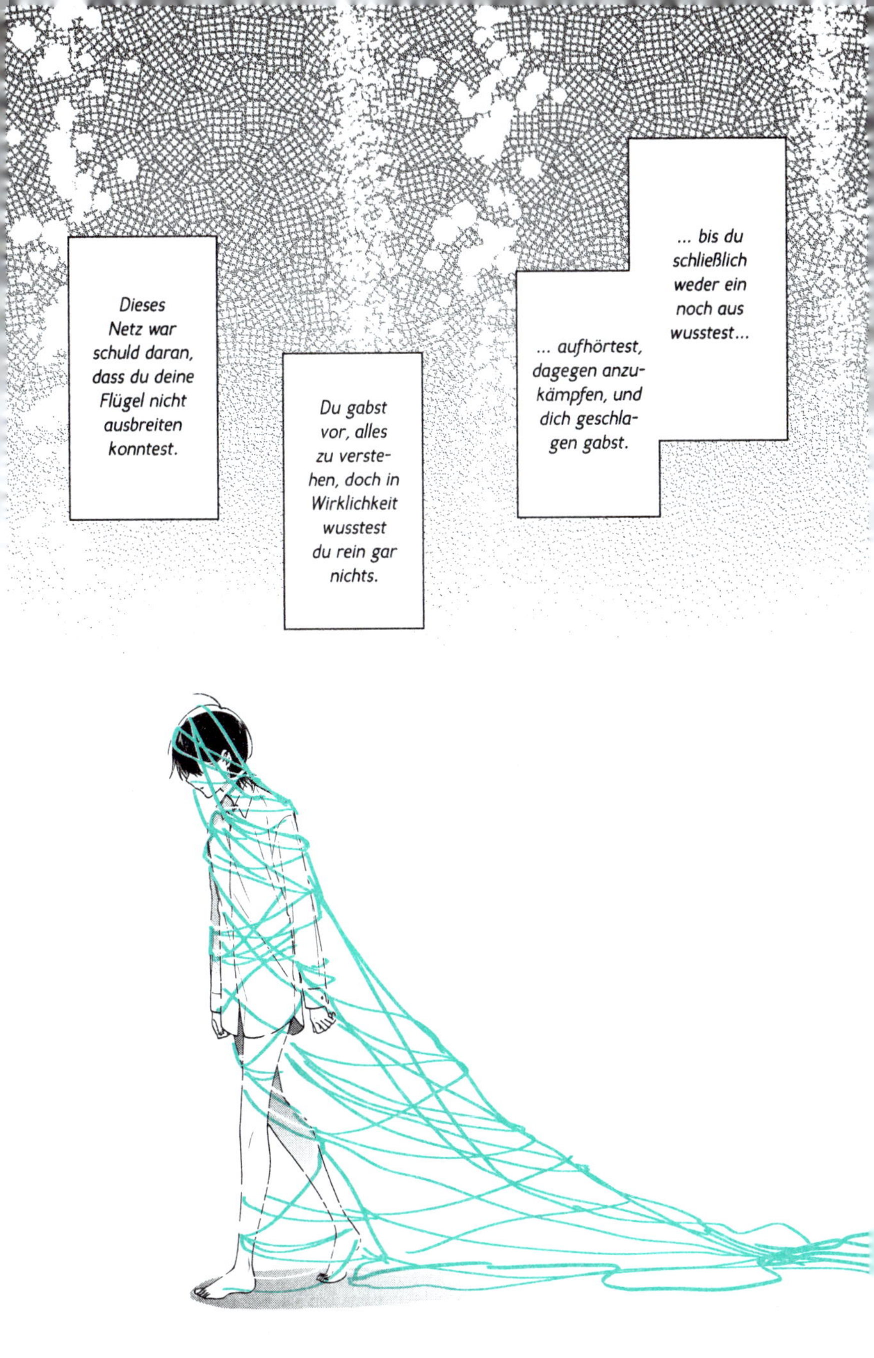

Dieses Netz war schuld daran, dass du deine Flügel nicht ausbreiten konntest.

Du gabst vor, alles zu verstehen, doch in Wirklichkeit wusstest du rein gar nichts.

... aufhörtest, dagegen anzukämpfen, und dich geschlagen gabst.

... bis du schließlich weder ein noch aus wusstest...

Doch jetzt ist alles anders...

... weil du das Glück hattest zu erfahren...

... wie es außerhalb des Netzes wirklich war.

The Gender of Mona Lisa

$$\sqrt{Y}$$

Du hast deinen Weg gewählt.

Die Geschichte, die sich nun vor
dir entfaltet, ist nur eine von vielen
Möglichkeiten, wie dein Leben
verlaufen könnte.

Ich wünsche dir alles Glück der
Welt auf deinem Weg.

Prologue

Das Telefonat

Ruf an!

Jetzt ruf schon an!

Um Punkt zwei Uhr rufst du an!

PLOPP

14:00

FLOPP

HAAAH

HNNNNGH

...

SSK

Auch mit einem Geschlecht...
... bin ich genauso feige wie vorher...
Echt erbärmlich...
PILORING
HIEKS
TUUUT... TUUUT...
Ah!
Waaah!
Es wählt!
Wa...
FWUPP
Ja, hallo?
A...Ach so...
Nur eine Game-Notification. Und ich dachte...
Ah!
Daneben getippt.

The Gender of Mona Lisa

Drei Jahre waren vergangen, seit ich ein Mann geworden war.

Unseren Schulabschluss hatte ich zum Anlass genommen, Ritsu zu fragen, ob sie meine Freundin sein wollte – und sie hatte Ja gesagt.

Mit ihr wollte ich eine harmonische Beziehung führen...

... und an der Uni eine schöne Zeit haben.

Aber dieser Tag drohte, all das kaputtzumachen.

Einige Stunden zuvor...

Mit Ricchan, richtig? Wenn du wüsstest, wie ich dich um deine süße, zielstrebige Sandkastenfreundin und Partnerin beneide!

Du, Yuki? Hast du nicht neulich erst gesagt, du hättest dir »eine süße Freundin« geangelt?

Für ein Date?

Ja.

EHE HE

Wir haben uns gestern getrennt, weil rausgekommen ist, dass sie zweigleisig gefahren ist.

Und ich war der Seitensprung...

Letzte Woche wart ihr im Vergnügungspark, oder? Wo geht's diese Woche hin?

Oh, für morgen hatten wir eigentlich nur daheim Chillen geplant.

Lass es mich wissen, wenn ihr ein gutes Plätzchen gefunden habt.

Ein Date zu Hause mit Übernachtung?! Ich platze vor Neid!

Maaann!

Ich brauch dringend mal etwas Abwechslung für meine Dates.

Ritsu schenkt mir so viel Wärme und sie ist so fluffig...

Allein mit ihr zu schlafen macht mich schon wunschlos glücklich.

Bei deinem Gesichtsausdruck könnte man denken, du meinst nur so was Unschuldiges wie »an ihrer Seite liegen«!

Hä?

FWAAAH

... so was Peinliches von dir geben kannst!

Krass, wie du eiskalt und ohne mit der Wimper zu zucken...

Gutaussehende Typen machen mir Angst!

Hä?
Hä?
...
W...Woran ihr wieder denkt!
Wie kommt ihr überhaupt darauf?! So weit sind wir noch nicht!
So was Versautes!

Kü...

Küssen tun wir uns sehr wohl!

Jetzt sag uns nicht, ihr habt euch noch nicht einmal geküsst?!

Hä...? Aber ihr seid doch schon drei Jahre zusammen, oder etwa nicht...?

Was heißt da »versaut«?!

Manchmal auch... auf den Mund...

Meistens auf die Wange oder die Stirn...

Deine Scham ist ansteckend!

Sorry, war unser Fehler!

FWAAAH

Würde mich nicht wundern, wenn sie sich einen anderen Kerl sucht, der ihre Bedürfnisse befriedigen kann.

Schon, nur ist für seine Freundin drei Jahre lang quasi nichts passiert.

Okay, aber wenn man bedenkt, dass Hinase erst seit drei Jahren ein Mann ist, ist das eigentlich gar nicht so verkehrt...?

Ihr nehmt echt kein Blatt vor den Mund...

Die beiden wissen über seine Vergangenheit Bescheid.

Wie redet ihr bitte über meine Freundin?

Ritsu... ... würde so was nie tun...

WÄÄÄH

Seitdem traue ich niemandem mehr!

Ich hätte auch nie gedacht, dass ausgerechnet meine brave Freundin munter zweigleisig fahren würde.

Das hat dich ja echt mitgenommen...

27

Bitte bleiben Sie hinter der weißen Linie.

...

SST

Alle Bilder News Shopping Videos

Ganz individuell! Unsere Top 5 Craft-Cola-Sorten! Bestellung...
http://www.craftcol...

...Craft Cola ist seit Kurzem in aller Munde. Allerdings gibt es je nach Hersteller viele verschiedene Sorten, und wer die Wahl...

Schauspielerin Y untreu...?!
Verdacht auf Seitensprung
mit YouTuber K...
http://geino_news...

...Releasebringt neue Reisflakeschen auf den Markt, die...
http://youchu...

...www.craft...
...Cola ist seit Kurzem...
...dings gibt es je nach Herstel...
...edene Sorten, und wer die Wahl
...hat...

Schauspielerin Y untreu...?!
Verdacht auf Seitensprung
mit YouTuber K...
http://geino_news...

...lt als »glücklich verheiratet«, doch...
...cht Verdacht auf Untreue...
...hat über 1 Million Abonnen...

...isfink...

PLOPP

PSSSCH

PLOPP

Ritsu

Freiheiiit!

...

Was gibts?

Nichts

Hab jetzt Schluss

Hast du zufällig
heute Zeit?

Sorry
Hab kurzfristig noch was zu erledigen
Kein Problem, war ja auch superspontan!
Tut mir echt leid
PLOPP
Warum bin ich denn plötzlich so verunsi-chert…?
Danke auch, Yuki.
Nächs-ter Halt …
xx…
Next

Ein Stück davon und eins davon.

Am Bahnhof eine Station vor meiner hat doch eine neue Konditorei aufgemacht...

Da geh ich mal vorbei und besorg etwas für morgen.

Poo

Auf Wiedersehen!

KATANG

... wie ich einmal mit Ritsu hier Klamotten shoppen war.

Ich muss plötzlich dran denken...

Und wir uns Crêpes geholt und genau dort, auf der Bank neben den Rolltreppen...

Poo

FLAPP

Hinase?!

PACK

Wa...

WUUUSCH

Warte!

Das ist ein Missverständnis!

Da...

HAAH HAAH

SST

Okay, mal von vorn: Das hier ist Gora, ein Kommilitone von mir.

Hallo.

Okay. Viel Erfolg!

Ich geh dann mal...

So, wie der vorhin einen Abflug gemacht hat, hab ich wenig Hoffnung.

Aber das macht nichts. Im Magen würde er doch genauso aussehen.

Ob der Obstkuchen das überlebt hat...?

Ach, Quatsch.

Mir tut es leid.

Und bitte entschuldige.

Wenn ich dir gleich geschrieben hätte, was los ist, wärst du gar nicht erst auf falsche Ideen gekommen.

MURR

Von wegen!

Normalerweise bin ich es immer, die deinetwegen eifersüchtig ist.

Ab und an darfst du ruhig auch mal leiden.

Nicht böse gemeint.

Ritsu?

Hmmm?

Willst du bei mir übernachten?

Okay, dann komm ich mit! ♪

Hmmm...

Wieso?

Na, weil du morgen doch eh vorbeikommst.

BABUMM

Nein, ich geh morgen früh.

Gehst du auch noch duschen?

Okay.

HWAAAH

...

Was hast du?

FLOPP

Nichts...

Hallo?

Was ist mit dir?

Ich weiß, wir sind schon so lange zusammen, aber ich hab plötzlich voll Herzklopfen...

Ritsu!
FWUPP
...!
Ich weiß nicht, auf welche Ideen ich komme …
… wenn du solche Sachen mit mir machst!
Auf unanständige?
…
JAPS

Sorry,
tut mir
leid.

Ich wollte
dich nur ein
bisschen
ärgern.

HI
HI

N...

Na
ja...

ROLL

FWAAAH

Gute
Nacht.

... dass ich schon fast vergessen hatte...

... wie ich an diesem irritierenden, bittersüßen Gefühl...

... das ich in Ritsus Gegenwart empfand...

... früher beinahe erstickt war.

Dass
daran...

... dem dieses
Gefühl nichts mehr
ausmachte, auch
wenn ich gern das
Gegenteil behaupten
würde.

Manchmal überkam
mich das Gefühl,
mich nicht freiwillig
in jemanden ver-
wandelt zu haben...

... aber
nichts
Schlimmes
war...

... lehrten mich die leuchtenden Augen meiner Freundin.

The Gender of Mona Lisa

MEMO

Mein ursprünglicher Plan war, dass sämtliche Studentinnen auf Hinase (♂) stehen, er dadurch viele Freundinnen hat, was Ritsu rasend vor Eifersucht macht. Die Redaktion meinte allerdings, das würde nicht ausreichen, also habe ich den Spieß umgedreht.

Das Zeichnen hat mir sehr viel Spaß gemacht, weil diese Dynamik ganz neu für mich war. Da Hinase Ritsu jahrelang nicht als Partnerin in Betracht gezogen hatte, musste diese sich bis zu dem Zeitpunkt auch keine Gedanken um ihr Umfeld machen, aber die Zeit des Luxus war vorbei.

Paint.Y-2 »Unsere Beziehung«

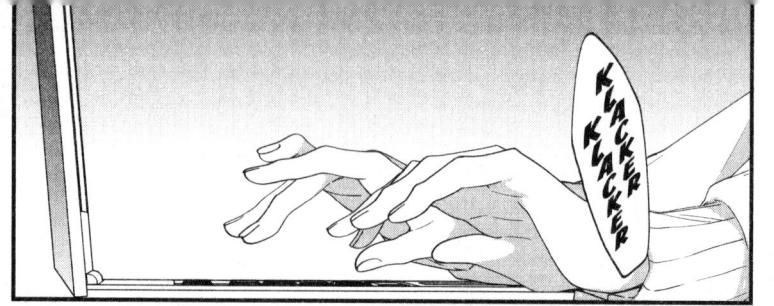

KLACKER
KLACKER

KLACKER

... Heimrei-
severkehr
zum Jahres-
wechsel er-
reicht neue
Höchst-
werte...

... stadtein-
wärts fünf
Kilome-
ter Stau,
stadtaus-
wärts 20 km
Stau...

KRIEK

Das wäre
erledigt...

Mmmh...

Hinase

Keine Antwort

Sorry, Telefonieren ist grad schlecht

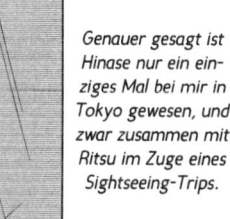

Genauer gesagt ist Hinase nur ein einziges Mal bei mir in Tokyo gewesen, und zwar zusammen mit Ritsu im Zuge eines Sightseeing-Trips.

Wir hatten beide viel zu tun, weswegen sich unsere Treffen an einer Hand abzählen ließen.

Ansonsten sahen wir uns, wenn ich zu Feiertagen nach Hause fuhr.

Wir waren zwar zusammen...

... aber zwischen uns hatte sich nicht wirklich was geändert.

FLOPP

Bin immer noch erkältet

Übel

Ja...

Und weil das noch nicht schlimm genug war, bekam ich Hinase nicht mal mehr ans Telefon.

Das machte mir ziemlich zu schaffen.

MMMH!!

HAAAH

Ist Hinase aus irgendeinem Grund sauer auf mich...?

In meinem Kopf häuften sich Fragen über Fragen.

Als er uns davon erzählte, reagierte ich nur mit »Oh« und »Okay«.

Ich war nicht irgendwie schockiert oder so, sondern freute mich genauso von Herzen wie die anderen beiden.

Aller-dings...

Hinase wurde im Winter unseres zwölften Schuljahres zum Mann.

Gründe würden mir mehr als genug einfallen.

... war ich vollkommen perplex...

... als Hinase im Frühling darauf dann mit mir zusammen sein wollte.

Ich hatte nämlich immer das Gefühl, dass Hinase lieber mit Ritsu zusammen war als mit mir.

Darum war ich auch davon ausgegangen, dass aus den beiden was werden würde, nachdem Hinase nun ein Mann war.

Warum mit mir? Diese Frage stellte ich mir in zweierlei Hinsicht.

Ich hatte mir ja Sorgen gemacht, ob sich an meinen Gefühlen für Hinase was ändern würde...

... aber ich liebte Hinase als Mann noch genauso wie zuvor.

... dass sich Hinase in dem einen Jahr, das er als Mann verbracht hatte...

Allerdings konnte ich mir vorstellen...

... zunehmend bewusst wurde, dass er und ich, der maskuliner war als er selbst, Personen des gleichen Geschlechts waren.

Wenn das der Fall und für Hinase ein Problem war...

... kann ich mir vorstellen, wie schwer es für ihn sein muss, das auf den Tisch zu bringen...

Oh!

Hinase

Sitze jetzt im Zug

Gelesen

Ich sollte gegen 18 Uhr da sein

Gelesen

...

Da fällt mir ein: Ritsu hat erzählt, dass du gern was trinkst. Was hältst du von ein paar Bier?

Lass uns schnell irgendwo hingehen, es ist kalt!

Irgendwelche Präferenzen?

Okay!

Dann suchen wir uns mal was in der Nähe.

NICK

...

ROLLER ROLLER

Hinase, mach's mir doch nicht so schwer!

Mein Herz macht das nicht länger mit!

Prost!

Ein paar Appetitanreger, bitte sehr.

Izakaya

KLONK

Endlich gibt der mal was von sich!

Wie immer ...

Aber so leise!

Haaah... Und, Hinase? Wie läuft's bei dir so?

Oh...

Stimmt ja. Entschuldige.

Du bist erkältet und ich schleif dich hier rum...

RÄUSPER

Ich muss mich ebenfalls entschuldigen...

Weil ich dich...

... die ganze Zeit angelogen habe...

Ich habe es einfach nicht über mich gebracht... und stattdessen gar nichts gesagt...

Sondern daran, dass...

Aber das kann nicht ewig so weitergehen...!

Darum hab ich mir vorgenommen, heute... wenn wir uns sehen, offen mit dir darüber zu reden...

Dass ich... nicht telefonieren wollte...

... lag nicht daran, dass ich erkältet bin...

SCHLUCK

...ich jetzt im Stimmbruch bin!

!!!

Genau.

Ach, stimmt, da war ja was.

Stimm... bruch...?

Und deshalb wolltest du nicht telefonieren?

Wenn ich nur lang genug darüber nachdenke, fallen mir tausend Gründe dafür ein.

Warum sollte ich?

Ich glaub's nicht... Und ich dachte schon...

... du wärst irgendwie sauer auf mich oder so...

Nein, kratzt nur manchmal.

Tut dir der Hals weh?

Solange ich normal rede, merk ich gar nichts.

Und warum wolltest du dann nicht mit mir telefonieren?

MURR

Weil ich Angst hatte...

... dass du meine tiefe Stimme nicht magst...!

HMPF

Mein Körper ist auch ziemlich maskulin geworden...

... sodass ich mit der tiefen Stimme jetzt komplett als Mann durchgehe.

Gerade...
SST
... weil wir uns so selten sehen...
... hatte ich Angst, wie du auf diese Veränderungen reagierst...
... und ob ich dir...
... vielleicht zu männlich geworden bin...

Ehrlich gesagt siehst du nicht viel anders aus als früher.

Mag vielleicht dran liegen, dass ich nur dein Gesicht beurteilen kann. Aber die Haare hast du dir schon vor einiger Zeit geschnitten.

Ich fände es viel gewöhnungsbedürftiger, wenn du plötzlich Röcke tragen würdest.

Ansonsten hast du auch schon immer Hosen getragen.

Aaaaaah.

Fällt mir dabei auf.

Lass mal was hören.

Danke.

Und meine Stimme?

In zwei, drei Monaten sollte der Stimmbruch vorbei sein.

Azusa meinte, das legt sich mit der Zeit.

Du hattest ja schon immer eine eher raue Stimme, die jetzt nur rau ist...? Oder so ähnlich.

Ja. Wäre ich eine Frau geworden, hätte eine Ärztin übernommen.

Aber so begleitet mich Azusa durch den Prozess der Geschlechtsreifung, bis alles vorbei ist.

Ist mein Bruder immer noch für dich zuständig?

Azusa scheint ja seinen lieben Spaß dabei zu haben...

... und zig Untersuchungen über mich ergehen lassen. Das dauert immer so lang!

Und weil ich so ein Sonderfall bin, darf ich mich jedes Mal ausziehen...

Aha...

...

...

Äh, sorry ...

Hab ich irgendwas Falsches gesagt?

Ups...

Ich bezweifle, dass du nachvollziehen kannst, wie es sich anfühlt...

... wenn der eigene Bruder regelmäßig jeden Monat den nackten Körper deines Freundes bewundern darf!

Ehrlich gesagt hat mich das in der Schule schon angekotzt!

...

WAMM

Aber eigentlich nicht.

Darum lass ich das ja auch gerade so noch durchgehen.

Wärst du eine Frau, würd ich dich bitten, sofort die Praxis zu wechseln!

Ja, aber... wir sind doch beide Männer! Nichts, was er nicht schon gesehen hätte!

Ja, kann sein.

Kann es sein ...

... dass du eifersüchtig bist?

...

Wenn du magst ...

HMPF!

... kannst du ihn dir nachher auch anschauen.

Meinen Körper.

Bin ich nicht!

Da braucht es schon mehr.

Bist du nach dem einen Bier...

... echt schon betrunken ...?!

Auf den Untersuchungsfotos sind die Veränderungen aber deutlich zu sehen.

Körperlich ist meine Entwicklung weitgehend abgeschlossen.

Aber du meintest doch, ich hätte mich kaum verändert.

Weißt du noch, wie ich mit euch beiden zusammen sein wollte, weil ich mich nicht entscheiden konnte?

Ja.

Nervös?

Wie könnte ich das vergessen?

Wie du dich nicht mal schämst...

Ehrlich gesagt habe ich mich manchmal sogar richtig schrecklich neben dir gefühlt.

An Ritsus Seite habe ich mich geborgen gefühlt. Sie hat mir Wärme geschenkt und mir innere Ruhe gegeben. Das habe ich geliebt.

In deiner Gegenwart war ich dafür immer unruhig. Irgendwie nervös und hibbelig.

Seitdem habe ich mich gefragt...

... ob es sich dabei um das mir bis dahin unbekannte Gefühl namens Liebe handelt.

Dieses Gefühl ...

Ich wollte mit dir zusammen sein, um genau das herauszufinden.

Und ich hatte recht mit meiner Vermutung.

Und dann
konnten wir
uns auf einmal
nicht mehr...

... ist genau
jene Liebe, von
der du damals
gesprochen
hast.

... wie
selbstverständlich
jeden Tag sehen,
was mich unfass-
bar gequält hat.

So sehr,
dass ich schon
glaubte, dich
zu sehr zu
lieben...

Ich schreib schon manchmal, dass ich dich vermisse!

Ja, mal so in einem Nebensatz vielleicht.

Du genauso wenig wie ich.

Wie auch, wenn wir nie über so was schreiben?

Eigentlich geht's immer nur um die Uni.

Schön, dass ich an deinen Nachrichten rein gar nichts davon gemerkt habe!

Umso mehr habe ich mich darauf gefreut, dich heute endlich wiederzusehen.

Und wenn wir uns mal sehen, dann gehen wir nur was essen und das war's.

Ist doch klar, dass ich mich dann frage, ob du mich als Mann doch nicht mehr willst.

Früher, als du noch »eine Frau aus mir machen« wolltest, warst du viel forscher!

Nein, musst du nicht.

Wieso »wieder«?

Ich bin kein einziges Mal vor dir...

Sicher?

Aber nicht, dass du wieder mittendrin abhaust.

Zwei-mal.

... ich habe keinen Grund mehr, vor dir wegzulaufen...

... weil ich dich liebe.

Okay...

... ich nehm dich beim Wort.

Darum...

KLONK

Während du dich allmählich verändertest...

... dachten wir beide intensiv darüber nach...

... was tatsächlich unverändert geblieben war...

... und was sich verändert hatte, aber immer noch liebenswert war...

... als ob wir uns dadurch unserer jeweiligen Gefühle vergewissern wollten.

Und so
veränderte
sich auch unsere
Beziehung Stück
für Stück.

The Gender of Mona Lisa

MEMO

Im Vergleich zu den anderen Konstellationen
haben Hinase (♂) und Shiori mehr zu knabbern.
Bis zum Ende der Hauptstory konnte Shiori nicht
mit Gewissheit sagen, ob sich ihre Gefühle für
Hinase ändern würden, wenn sie sich für ein
Leben als Mann entscheiden würde.
Von der Redaktion erhielt ich die Anweisung,
dass der Story etwas fehlen würde, wenn sich die
beiden am Ende nicht küssten. Also habe ich
mich mit Feuereifer ans Werk gemacht, doch das
war der Redaktion wiederum etwas zu viel des
Guten. Unseren Kompromiss habt Ihr ja gesehen.

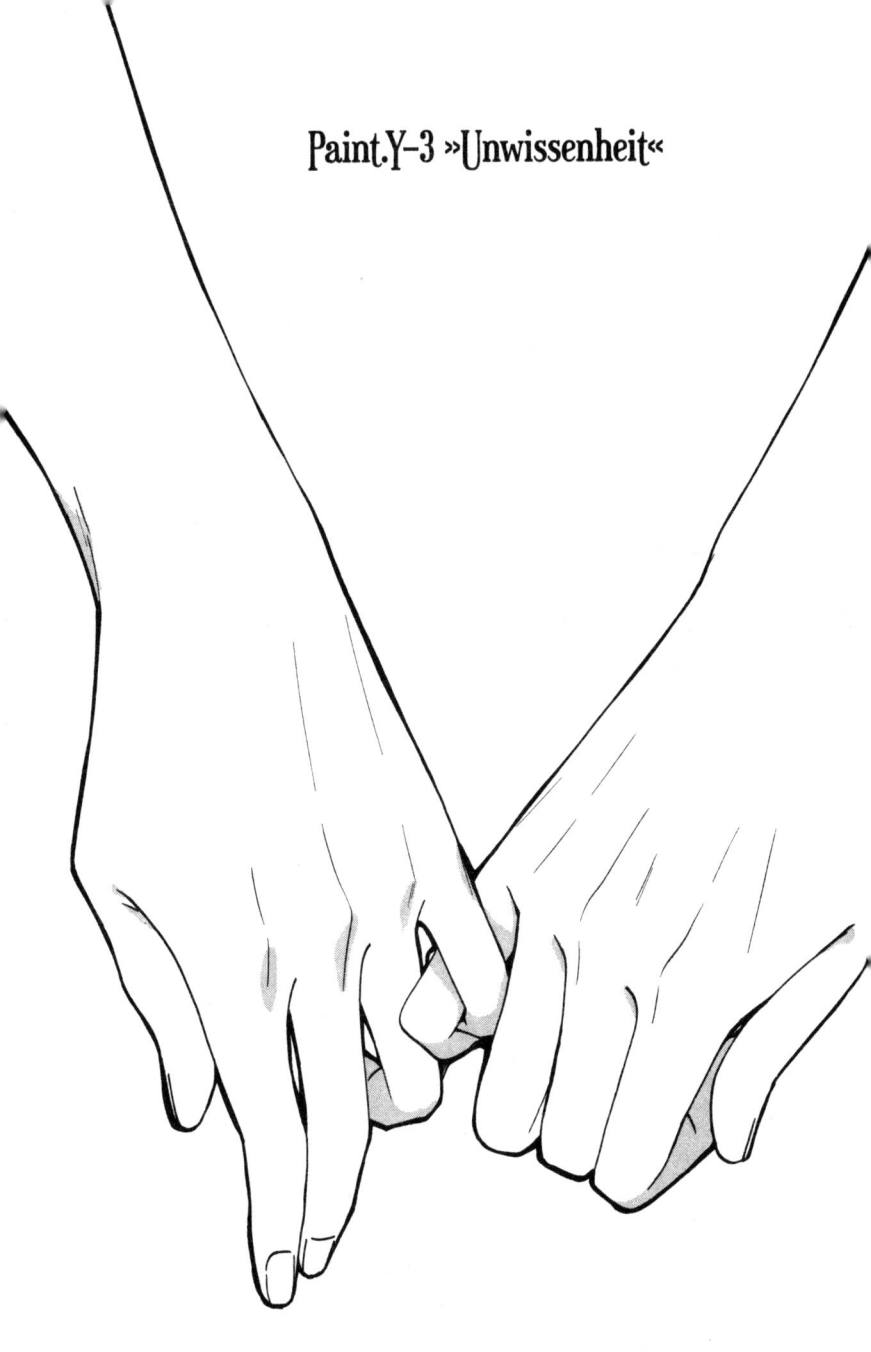

Paint.Y-3 »Unwissenheit«

98

Guten Apptetiiit ...

Lass es dir schme-cken.

War lecker.

Hinase war nun seit sieben Jahren ein Mann.

Danke.

Stell das Geschirr einfach hin, ich mach dann schon.

Ich war oft unsicher, ob ich mit einem Mann zusammen sein konnte...

... aber ehe ich mich's versah, lebten Hinase und ich bereits seit zwei Jahren zusammen.

Viel Erfolg bei der Arbeit.

Ich bin dann mal weg.

Ah!
Bei mir könnte es heute später werden. Die Mutter von einem der Kinder hat mich für heute nach der Schule um ein Gespräch gebeten.

GRRT

PSSSCH

Okay.

Alles klar.

Danke, dir auch.

Es war ein wenig wie Achterbahnfahren. Davor machte man sich beinahe verrückt vor Angst, aber kaum saß man drin, hatte man Riesenspaß.

In unserem Fall: Kaum hatte unser gemeinsames Leben begonnen...

... fanden wir uns in einem stinknormalen Alltag wieder.

Ich stand nicht grundsätzlich auf Personen des gleichen Geschlechts...

... weswegen ich auch nicht mit Sicherheit sagen konnte, ob ich mit Hinase zusammengekommen wäre...

... wenn er von heute auf morgen, auf einen Schlag zum Mann geworden wäre.

Doch da Hinases Veränderung nur langsam vonstattenging, hatte sich unsere Beziehung für mich nie falsch angefühlt.

Ich konnte mir vorstellen...

... dass Menschen generell viel zu viel Angst vor dem Unbekannten hatten.

Als Erwachsener hatte man viel öfter damit zu kämpfen als je zuvor.

Hinases und meine Beziehung war ein solcher Aspekt.

Dass sie Wesen waren, die schreckliche Angst vor neuen Dingen hatten, die sie bisher weder selbst erlebt noch selbst gesehen hatten...

... und noch viel mehr davor, wie ihr Umfeld damit umgehen würde.

KATSCHANG

Herr Arima...?

Sanitätszimmer

RATTER

DANG DONG

DING DONG

Sie schenk- ten uns ihr Verständnis, aber uns zu akzeptieren, fiel ihnen schwer.

Wegen heute Nach- mittag?

Ja...

Kann ich mit Ihnen reden...?

Nagisa, hallo! Ist etwas?

Ich habe Angst...

... dass Mama böse auf mich ist...

Das brauchst du nicht.

SST

Okay...

Genau deswegen werden wir gemeinsam mit ihr reden.

Damit sie versteht, wie es in dir drin aussieht.

Also...

Worum geht es?

Vielen Dank, dass Sie sich heute Zeit für uns genommen haben, Herr Arima.

Nicht doch. Ich freue mich, dass Sie mit der Angelegenheit zu mir gekommen sind.

Nagisa möchte ein Mädchen werden.
Ja, das hat sier mir erzählt.
Aber...
... sier hat schon immer nur mit Autos, Zügen und Eisenbahnen gespielt.
Nagisa trägt auch am liebsten blaue Kleidung und... hat auch nie siehre Haare wachsen lassen wollen...

Was, wenn sier nur deshalb ein Mädchen werden wür- de...

... und eines Tages feststellt, dass sier lieber ein Junge ge- worden wäre?

Ich vermute, dass Nagisa nur wegen sierher beiden älteren Schwestern...

... ein Mädchen werden will.

Nagisa, könntest du bitte still sein?

Mama unterhält sich gerade mit Herrn Arima.

Das hat überhaupt nichts mit den beiden zu tun!

Aber das stimmt nicht! Ich will wirklich ein Mädchen werden!

Ja?

Hören Sie...

...

108

Ob Nagisa gern mit Autos und Zügen spielt...

... die Farbe Blau mag oder siehre Haare am liebsten kurz trägt...

... ist irrelevant in Bezug darauf, welches Geschlecht sier einmal haben möchte.

Aber...

... sind das nicht alles typische Jungendinge?

Bitte betrachten Sie Geschlechter unabhängig von Hobbys und Interessen.

Das kommt Ihnen nur so vor, weil es sehr viele Jungen gibt, die diese Interessen haben.

HI
HI

Dann wäre das auch kein Problem.

Wenn das bei siem der Fall wäre, dann wäre das ja kein Problem...

... aber wenn nicht...

Außerdem kommt es sehr häufig vor, dass Kinder mit sogenannten jungenhaften Interessen...

... in der Oberschule plötzlich ganz neue Interessen entwickeln.

Willst du uns denn verraten...

... warum du ein Mädchen werden willst, Nagisa?

Du musst aber nicht.

Egal, was für Interessen oder welches Geschlecht sier einmal haben wird...

... es gibt kein Richtig oder Falsch.

Stimmt doch gar nicht! Ist dir nie aufgefallen, dass das am Bahnhof R eine Frau ist?

Dann verstehe ich dich erst recht nicht. Diesen Beruf führen doch hauptsächlich Männer aus!

Ich möchte Schaffnerin werden.

Was?

Und ich will einmal eine genauso coole Schaffnerin wie sie werden!

Ich sehe sie jeden Morgen und sie ist so cool!

Ein schöner Traum!

HI HI HI

Im Grunde war mir bewusst, dass das alles nur Vorurteile waren, aber...

Das... ist mir schrecklich unangenehm... Bitte verzeihen Sie.

Ich konnte diese Gedanken nicht abschütteln... und hatte solche Angst...

... dass Nagisa diese Wahl eines Tages bereuen und darunter leiden könnte...

Aber auch wenn Nagisa siehren Weg gehen und ein Mädchen werden wird...

Das kann Ihnen auch keiner verübeln...

... immerhin ist Nagisa Ihr Kind.

... garantiert das nicht, dass sier ein sorgenfreies Leben führen wird.

Im Gegenteil: Sier wird viel durchmachen.

BLINZEL

Ja!

... ein cooles Mädchen werden, stimmt's?

Du willst ...

Bis bald!

Vielen Dank.

HI HI

Das hat ja echt lang gedauert!

Jaaa, ich kipp fast um vor Hunger...

FIX UND FERTIG

Da bin ich wieder...

Sorry, dass du schon wieder kochen musstest...

Dafür werd ich das am Wochenende übernehmen... Hm?

TACK TACK

TACK TACK TACK TACK

Was machst du da...?

Soba.

Wie jetzt? Echt?!
Wow!
Ich kann aber für nichts garantieren!
Hab das vor einer Weile mal aus Neugier recherchiert...
... und da ich zufällig heute früher Schluss machen konnte...
FUN KEL
... äh...
ひし
FLOPP
Wow, ich kann's kaum erwarten!
Danke, Shiori! Ich liebe dich!
Jaja, ich dich auch...
Aber was, wenn sie ungenießbar sind ...?
PATT PATT

...

Ich muss sie nur noch kochen, also hopp unter die Dusche, damit wir essen können.

Okaaay!

Le-cker So-ba!

Oh, gleich beim ersten Versuch ein Erfolg!

Mmmh, lecker!

Nicht mit mir.

Also meinetwegen könntest du nur noch Soba machen...

... wenn du mit Kochen dran bist.

SCHLÜRF

Ist was?

Nein, nichts.

HEH

♦ Ein Meisterwerk!

Kann ich mir vorstellen.

Ich darf natürlich keine Details erzählen...

... aber die üblichen Ängste und Sorgen eben.

Verstehe.

... sondern mehr so Gedanken wie, ob ich als Frau manche Dinge vielleicht anders machen könnte.

Zum Beispiel fällt es mir als Mann ziemlich schwer, den Kindern bei Fragen rund um den weiblichen Körper zu helfen...

Nicht im Sinne von... dass ich lieber eine Frau sein würde...

Kam dir denn schon mal der Gedanke, dass du doch lieber eine Frau geworden wärst?

Aber...

Wärst du eine Frau geworden, hätten wir vermutlich zusammenziehen können, ohne dass mein Vater deswegen derart ausgetickt wäre.

In solchen Situationen kommt der Gedanke manchmal in mir hoch.

... verglichen mit der Tatsache, dass du jetzt dein gewünschtes Geschlecht hast, von Herzen lachen kannst und ich an deiner Seite sein darf...

... sind solche Probleme nichts als Kinkerlitzchen.

Und das mein ich auch so.

Okay, tut mir leid.

Darum wäre es mir lieb, wenn du so was nicht mehr fragen würdest.

FLOPP

Bin ich fertig?

Aaah...

Hab gelesen, dass die Pinguinküken geschlüpft sind.

In welches?

Du, wollen wir am Samstag ins Aquarium gehen?

Oh, die müssen wir sehen.

HEH

Liebes damaliges Ich...

Solange du dich zusammen mit Hinase an jeder der unzähligen Abzweigungen, die dich in Zukunft noch erwarten...

... beraten kannst und ihr euch dann für einen Weg entscheidet, den ihr gemeinsam bestreiten werdet...

So glücklich war ich jetzt.

... wird der Weg ins noch Unbekannte hell leuchten.

Ein Gedanke ...

... den ich früher nie gehabt hätte.

126

The Gender of Mona Lisa

MEMO

Es war mir wichtig, Euch zu
zeigen, wie Hinase seinem
Traumjob nachgeht. Dieses
Kapitel legt den Fokus also
mehr auf das Berufsleben der
beiden als auf ihre Beziehung.
Da Shiori aber ein fester
Bestandteil von Hinases Alltag
ist, denke ich, dass Euch
das Kapitel trotzdem einen
kleinen Einblick in ihre
Beziehung geben konnte.

Side.Aoi Shirogane

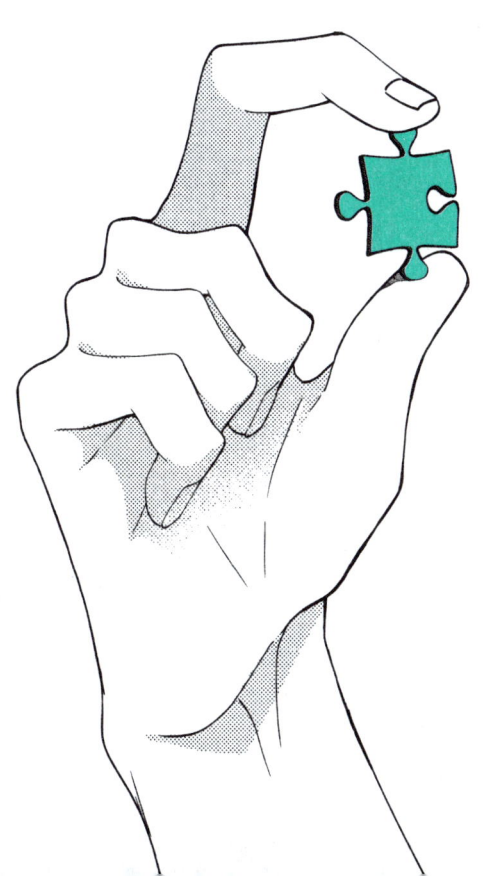

Hallo.

Guten Abend.

VROOOM

KWIEH

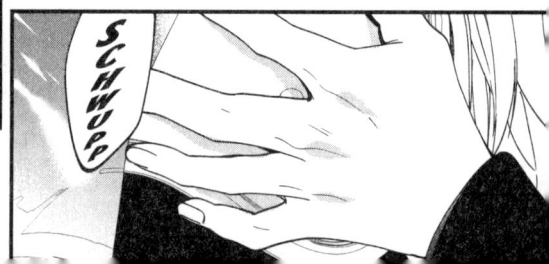

SCHWUPP

Okay.

SHIROGANE

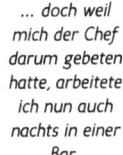

Und wenn ich den Stundenlohn um 500 Yen erhöhe...?

Nein, nachts ist es bei mir schlecht ...

Mir mangelt es an Leuten. Könntest du auch nachts arbeiten?

Ursprünglich arbeitete ich nur bis abends in einem Café...

... doch weil mich der Chef darum gebeten hatte, arbeitete ich nun auch nachts in einer Bar.

Bin dabei!

Ohne zu zögern.

Guten A...

Und das seit mittlerweile drei Jahren.

Yamashiro...

Aoi, hallo! ♪

Viiielen Dank!

Ein Peach Fizz, bitte sehr.

KLINK

Nein.

Triffst du dich heute mit Chiaki?

Äh...?

Ich bin hier, weil ich dich sehen wollte.

Bitte entschuldigen Sie, Chef...

Geht's noch?! Das ist nicht lustig!

Ein hübscher Bursche wie du hat es eben auch nicht leicht.

Ich habe mich aber auf den ersten Blick in ihn verliebt!

Sorry We're CLOSED

Geh gefälligst Teller abwaschen oder so und dann verschwinde.

Sonst noch Wünsche?

Hallo? Wie wär's mal mit etwas Mitleid?

Hast du überhaupt Geld dabei?

Reicht es nicht allmählich?

Ziehen Sie's einfach von Aois Gehalt ab.

WOBBEL

Nachschenken, bitte.

Das ist das zweite Mädchen, das du mir ausgespannt hast!

Ich hab dir rein gar niemanden ausgespannt.

Du könntest auch woanders mit deinen Freundinnen trinken gehen, dann hättest du das Problem nicht.

PSCH PSCH

Weil du auch immer auf dicke Hose machen musst!

Keiner zwingt dich, die Mädels einzuladen.

Aber mein Geldbeutel macht das woanders...

... (ohne den Freundesrabatt) nicht mit!

Okay, aber wie erbärmlich ist das bitte...

... wenn der Kerl auf 'nem Date von der Freundin verlangt, dass sie ihren Teil selbst zahlen soll?

GLUCK GLUCK

138

Als ob ich mir 'n Taxi leisten könnte, wenn ich grad nicht mal mein Bier zahlen konnte.

Ich fahr jetzt nach Hause.

Ruf dir ein Taxi, sobald du alles losgeworden bist.

Ööör...

...ps...

Vor allem für den weiten Weg...

Als ob uns um die Zeit wer erwischen würde.

Vergiss es.

Vergiss es, ich hab nur den einen Helm.

Du wohnst doch in der Nähe.

Nimm mich gefälligst mit.

...

Hey!

Hey.

Denk gar nicht erst dran, hier zu pennen!

Dein Ernst?

Palast Superbillig
Ro.Sinante

Palast Superbillig Ro.Sinante

... aber Chiaki war so vernarrt in seine damalige Freundin, dass er die Aufnahmeprüfung überall außer an seiner Joker-Uni versemmelte. Und die war zufällig in nächster Nähe zu meiner.

... denn eigentlich wären Chiakis und meine jeweilige Wunschuni ziemlich weit voneinander entfernt gewesen...

Mittlerweile glaubte ich daran, dass es »unglückliche, aber untrennbare Beziehungen« gab...

Das Mädchen von vorhin

Seine nächste Freundin

Cocchin

Und ich dachte damals noch, als ich an die Uni kam...

... dass ich den Kerl nie wiedersehen müsste.

KFLOPP

Au...!

Sei mir lieber dankbar, dass ich dich nicht auf der Straße hab liegen lassen!

Dafür kotz ich dir auf den Boden!

Du könntest ruhig ein wenig sanfter mit mir umgehen!

KATSCHACK

...

Aaah...

Mir platzt der Schädel...

Ich wusste ja selbst nicht...

Da. Wasser und 'ne Schmerztablette.

Danke...

... warum ich mich in diesen Kerl verliebt hatte.

GLUCK

Du stinkst
nach Alk.

Was?

...

Manchmal
könnt ich
ihn echt...

Hey,
was wird
das?!
Stink mir
nicht mein
Bett voll!

Tch!

Was für eine Art von Liebe empfand ich für ihn?

Vielleicht lag es daran, dass sich ein Freund von mir in unserem letzten Sommer an der Oberschule mit dem gleichen Thema plagte...

... dass ich mir nun oft Gedanken über meine und Chiakis Beziehung machte.

Schummrige Gefühle, zu denen ich einerseits stehen...

... und sie andererseits leugnen wollte.

Was wir auch tun würden, er und ich würden mit unseren Wünschen niemals auf einen Nenner kommen.

Eine Tatsache war mir allerdings klar...

…
Und sie sind alle größer als du.
Das isses…
Da vergeht's mir nämlich wieder.
Dacht ich mir.
Also was…
… wenn ich eine Frau geworden wäre?
Wäre ich für dich infrage gekommen?

Darüber...

... hab ich noch nie nachge- dacht...

So eine.
⬇

... auf so 'ne Frau kann ich verzichten.

Aber...

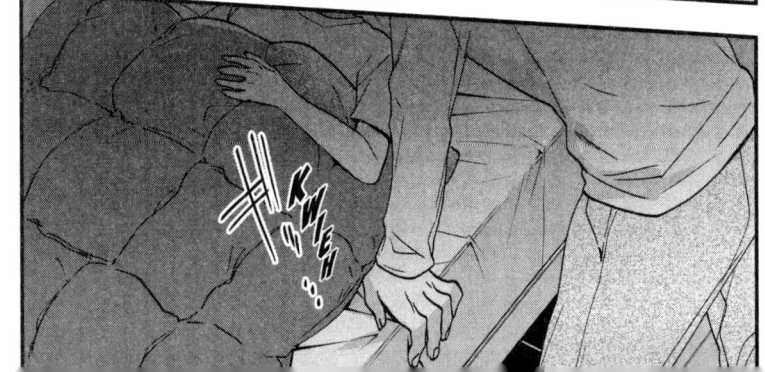

Gwah!

PARDAUZ

^O しIHEPP

Und bei dir? Wer hat dir erlaubt, so seelenruhig in meinem Bett zu pennen?

Auaaa!

Geht's noch?!

Geht man so mit armen, betrunkenen Leuten um?!

Das ist immer noch mein Bett.

Penn gefälligst aufm Boden.

Du kannst mich mal!

Ich bin immer noch ein Mensch mit Gefühlen und kein Sandsack. Wenn dir das nicht passt, weißt du, wo die Tür ist.

Und zu deiner Aussage, du müsstest keine Rücksicht auf mich nehmen...

BOFF 7,,,

Wah!

So ein Scheiß!

Danke, Arschloch.

Betrachte meine Decke als Zeichen meiner Gnade.

Du warst ein überheblicher Kerl...

... der in Wirklichkeit nur ein Häufchen Elend war...

... und mir nichts weiter als Ärger bereitete.

... war diese Art der Beziehung für uns...

Das alles war mir klar. Und obwohl ich die Nase voll davon hatte...

... vielleicht die einzig passende.

Und daran war rein gar nichts falsch.

KLICK

Denn sie war...

... die einzig wahre Form.

The Gender of Mona Lisa ⑨ - Ende

The Gender of Mona Lisa

MEMO

~ Wie kam es zur Trennung von Gocchin und Chiaki? ~

Chiaki ist wiederholt bei den Aufnahmeprüfungen seiner Wunschuniversität durchgefallen, weshalb er auf eine Uni gehen musste, die ziemlich weit weg von Gocchins war, und sie sich dadurch kaum noch gesehen haben.

Gocchin hat versucht, das in Form von täglichem Chatten oder Telefonaten auszugleichen, was Chiaki mit der Zeit nur noch nervte und ihn immer seltener auf ihre Nachrichten reagieren ließ, bis... es schließlich in die Brüche ging.

Als er endlich einsah, dass er Mist gebaut hatte, und alles bereute, war es bereits zu spät, denn Gocchin war zwischenzeitlich mit dem Sohn ihres Chefs zusammengekommen.

Special Thanks.

Asistent"innen:

Für die Logo und
Umschlaggestaltung:

Takagi-san &
Hasegawa-san

Kawano-san, Harlekin-san,   An die Redaktion: Nozaki-san
Hiroki Otsuka-san, Kuramoto-san

and... An Euch, die mich immer unterstützen!

Nur Euch habe ich es zu verdanken, dass ich
all diese verschiedenen Routen, die ich schon
von Anfang an zeichnen wollte, auch wirklich
zeichnen konnte. Das war mir sehr wichtig, weil
ich behaupte, eine einzige Route wäre nicht
ausreichend gewesen, um dieses Thema korrekt
rüberzubringen.

Ich wünsche Euch allen - meinen Leser"innen,
Redakteur"innen, Assistent"innen, Freund"innen,
meiner Familie und all den Menschen, die
diese Reihe unterstützt haben - alles Glück der
Welt für Euren weiteren Lebensweg.

STOPP!

The Gender of Mona Lisa

ist ein japanischer Manga, der originalgetreu von »hinten« nach »vorne« und von rechts nach links gelesen wird! Schlagt das Buch also »hinten« auf und blättert Seite für Seite nach »vorne« weiter!

Auch die Bilder und Sprechblasen werden von rechts oben nach links unten gelesen, wie es in der Grafik gezeigt wird! HAYABUSA wünscht gute Unterhaltung!

HAYABUSA
Carlsen Verlag GmbH · Völckersstraße 14-20 · Hamburg 2023
Aus dem Japanischen von Carina Dallmeier
SEIBETSU MONALISA NO KIMI E. vol. 10
© 2022 Tsumuji Yoshimura/SQUARE ENIX CO., LTD.
First published in Japan in 2022 by SQUARE ENIX CO., LTD.
German translation rights arranged with SQUARE ENIX CO., LTD.
and Carlsen Verlag GmbH through Tuttle-Mori Agency, Inc.
Redaktion: Julia Liebetraut
Herstellung: Maria Niemann
Alle deutschen Rechte vorbehalten
ISBN: 978-3-551-62124-5

FOLLOW THE FALCON
www.hayabusa-manga.de
www.carlsen.de
hayabusa_manga
HayabusaTweets

MIX
Papier | Fördert
gute Waldnutzung
FSC® C083411

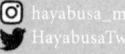

Unser Versprechen für mehr Nachhaltigkeit
- Klimaneutrales Produkt
- Papiere aus nachhaltigen und kontrollierten Quellen
- Hergestellt in Europa